LA CANTIADE,

OV

L'ELOGE DES

ILLVSTRES MARTYRS

Saints Can, Cantien, & Cantienne, Fréres & Sœur.

Composé par Me Sébastien Bredet, Conseiller au Bailliage d'Estampes, Lieutenant Particulier, Civil, & Assesseur Criminel en la Prevosté, & Maire de la Ville.

A PARIS,

Ianvier 1 6 7 3.

A
MONSEIGNEVR
l'Illuſtriſſime, & Reuerendiſſime.
LOVYS HENRY DE GONDRIN,
Archeueſque de Sens, Primat des
Gaules, & de Germanie.

ONSEIGNEVR,

Quoy que la France ait cet advantage
d'avoir des Roys que Dieu a tousjours chery
(& dont ils diſent tenir leur Sceptre) juſ-
ques à leur témoigner ſon amour par l'envoy
de l'Oriflame & de la Sainte Ampoule, dont
le Baume Celeſte a eſté divinement deſtiné
pour les ſacrer, & qui depuis ce temps ont
tousjours eſté vainqueurs de leurs ennemis:
Neantmoins, comme le Peuple Hebreux,
autrefois ſi chery de Dieu, ne gagnoit pas

toûjours des Batailles, ſi ce n'eſtoit lors que Moïſe eſlevoit ſes bras au Ciel, & que ſes prieres en attiroient le ſecours ; Ie puis dire, MONSEIGNEVR, que ſi noſtre triomphant Monarque a cette année tant emporté de Victoires, tant conquis de Places, & abbaiſſé ſi fort l'orgueil des Holandois, que les armes ont eſté ſecondées par vos prieres, comme par celles d'vn autre Moïſe, ce qui m'obligea de faire ce Diſtique à voſtre Grandeur le vingt-ſix du mois de Iuin dernier, en ces termes,

Iſraël vt vicit cum oraret filius Amram,
 Gondrinus cum orat Borbonius ſuperat.

Car ce fut dans ce temps que vous ordonnate les Prieres des Quarantes Heures, non ſeulement par tout voſtre Dioceze, mais particulierement dans toutes les Paroiſſes & Monaſteres de la ville d'Eſtampes, au cours de voſtre Viſite ; & c'eſt dans ce meſme temps que noſtre Inuincible Prince prenoit les villes auſſi-toſt qu'il ſe preſentoit devant elles ; Ce fut, dis-je, lors que vous témoignates avec tout le peuple d'Eſtampes, par vn Te Deum ſolemnellement chanté, la joye in-

concevable de la Naiſſance du ſecond Fils
de France, Monſeigneur le Duc d'Anjou ;
Ce fut lors que vous honorates les Feû de
la ville de voſtre preſence, & que voſtre
Grandeur voulut bien allumer avec le flam-
beau que ie luy preſentay en qualité de
Maire ; Et ce fut enfin, ce meſme iour que
vous fites ouverture de l'incomparable Chaſſe
de vermeil doré, dont l'Egiſe de Noſtre-
Dame d'Eſtampes eſt depoſitaire, d'où vous
tirates & fites voir à tout le peuple les ſa-
crez Oſſemens des trois Martys, Can, Cantien & Cantienne, Freres & Sœur, enfans
de l'Empereur Carinus, & Neveux, ou petits Fils de l'Empereur Carus, de la famille
des Aniciens, à la loüange deſquels j'ay com-
poſé ce petit Poëme du nom de Cantiade
que j'oze preſenter à voſtre Grandeur, en
qualité de,

MONSEIGNEVR,

Voſtre tres-humble & tres-
obeïſſant ſeruiteur,
BREDET.

ADVIS.

TOVS ceux qui ont écrit le Martyre des Saints Can, Cantien & Cantienne, freres & sœur, de l'illuftre famille des Aniciens, petits fils & enfans des Empereurs Romains Carus & Carinus, n'ayans pas lû lors qu'ils ont compofé leur Hiftoire tous les Autheurs qui en ont parlé, m'ont obligé pour fatisfaire à la curiofité de nos fuccefſeurs d'en adjoufter à ce difcours le Catalogue, aufquels on aura recours pour s'inftruire de la verité, & pour apprendre comme Eftampes poffede vne grande partie de leurs precieufes Reliques, defquelles le Roy Robert, fils de Hugue Capet a enrichy l'Eglife de Noftre-Dame d'Eftampes, dont il eft le Fondateur ; les Breuiaires de Sens & de Paris le publient affez dans les Leçons du jour de leur Fefte ; ces Saintes Reliques furent données à ce grand & pieux Monarque, peu de temps apres l'an mil, au voyage qu'il fit à Rome, & duquel le Pape Benoiſt VII. ou felon d'autres VIII. du nom, fait mention dans vne de fes Lettres aux Euefques de Bourgogne & d'Aquilée, rapportée au 4. Tome de l'Hiftoire de Duchefne, page 170. Il y a conteftation pour la poffeffion des facrez Offemens de nos Saints Martyrs, entre l'Eglife de Milan & d'Aquilée, parce que chacune femble vouloir

s'attribuer les Corps entiers ; mais Ferrarius est
d'opinion que l'Eglise de Milan possede seule-
ment quelques insignes parties de ces sacrées dé-
poüilles, que l'on appelle par vne figure dite Sy-
necdoche, corps entiers ; Il est vray que l'Eglise
de Milan a vne particuliere veneration pour ces
Saints Martyrs ; ce qui donna sujet au grand S.
Ambroise, qui en estoit Archeuesque, de faire
vn Sermon à leur loüange que l'on void entre
ses œuures. Ces sacrées Reliques ont reposé en
vn vase de Porphire, dans vne Eglise dediée à
Dieu, sous le nom de S. Denys, Confesseur, si-
tuée hors la porte Orientale de la mesme ville,
jusques à ce que cette Eglise estant deuenüe pres-
que entierement ruïnée par la suite des temps,
Antoine de Leua, Gouuerneur de l'Estat de Milan, pour l'Empereur Charles V. se résolut d'a-
cheuer de la faire destruire. L'on enleua tous les
Corps Saints qui y reposoient, au mois de Fe-
vrier 1528. & on les transporta dans l'Eglise
Metropolitaine ; ceux des glorieux Saints Can,
Cantien & Cantienne estoient gardez dans vn
Vaze en ouale, de Porphire tres-fin, lequel fut
dedié à seruir de Baptistaire dans la mesme
Eglise, comme l'a remarqué Iean Baptiste Ville,
Liure 7. des Eglises de Milan , ils reposent au-
jourd'huy dans vn lieu dit *Confeßio,* ou Scurole
(c'est vne Chapelle qui est soubs le maistre Au-
tel de cette Eglise Metropolitaine, l'vne des mer-
ueilles d'Italie, ainsi qu'est la Chapelle de Sainte
Geneuiefue de Paris, soubs le maistre Autel de

la mefme Eglife) & on lit à leür Sepulchre l'inf-
cription fuiuante, grauée fur vn marbre,

Corpora Sanctorum Canti , Cantiani , &
Cantianilla , fratrum & Maximi Martyrum :
e *Nonæ , Dionifij & Galbini Archiepifcoporum*
Mediolani , Confefforum. Cineres aliquot
Sanctæ Pelagiæ Virginis & Martyris.
Os vnum Sancti Juliani Epifcopi Cenomanorum
Confefforis.
Primum inspecta est recognita Carolus
S. R. Presbiter Cardinalis tituli Sanctæ
Praxedis , Archiepifcopus Mediolanensis
repofuit.
Kalendis Feburarij M . D . LXXIIX.

C'eft au mefme fens de l'Eglife de Milan, que
celle de Noftre-Dame d'Eftampes fe confole de
poffeder les Corps des Saints Martyrs, d'autant
qu'elle n'en poffede que des parties infignes,
que l'on a veu de temps en temps, dont les Procez verbaux ont efté dreffez. Il y a eu deux
tranflations des Saintes Reliques de ces glorieux Martyrs à Eftampes ; La premiere, le qua-
triéme iour d'Aouft, de l'an 1249. le Pape Inno-
cent I V. feant à Rome du Reigne du Roy Saint
Loüis, par Gillon, ou Gilles , Archeuefque de
Sens, de l'illuftre maifon des Cornu, Seigneurs
de Villeneufue, pres Montreau Fautyonne, qui
auoit eu l'honneur d'eftre confacré à Lyon des
propres mains du mefme Pontife Romain, l'an
1244.

1244. ce Prelat emporta la Machoire d: Sainte Cantienne, pour enrichir son Eglise Cathedrale, où elle est conseruée dans vne Chasse esleuée derriere le grand Autel ; Il est probable que c'est luy qui ordonna ensuite qu'à l'aduenir on celebreroit la Feste de ces Saints Martyrs par toute la Prouince Senonoise, & qu'il fit cette Ordonnance dans vn Concile Prouincial, autrement ses suffragans ne se seroient pas soumis à faire celebrer cette Feste dans leurs Dioceses. Il y en a qui ont écrit que Gillon ayant douté de la verité des Saintes Reliques, il tomba dans l'aueuglement, & qu'aussi-tost qu'il eust eu recours à l'intercession des mesmes Saints, il reconura la veuë ; Il est vray qu'il faut qu'vne raison tres-puissante ait excité ce Prelat à faire celebrer la Feste de ces Martyrs dans toute sa Prouince, & qu'vn semblable miracle pourroit bien luy auoir porté. Quant à la seconde translation, le temps qui consume toutes choses, ayant apporté de la corruption au coffre de bois qui soutenoit l'argenterie de la Chasse, laquelle on auoit aussi volonté d'enrichir & de redorer, on obtint commission de Monseigneur Iean Dauid Duperron, Archeuesque de Sens, en datte du premier iour de Iuillet 1620. par laquelle il commit Messire Guy de Verambrois, Prestre, Maistre és Arts en l'Vniuersité de Paris, Doyen de la Chrestienté d'Estampes, & Curé de la Paroisse de S. Martin, les vieilles Estampes, pour faire l'ouuerture de la Chasse, & enuiron dix

mois apres la tranflation folemnelle de ces Saintes Reliques fut faite, lefquelles furent remifes
dans la Chaffe de nouueau reparée & enrichie,
par Reuerendiffime Pere en Dieu Meffire Henry Clauffe, Euefque d'Aure, & Coadjuteur de
Chaalons, defigné fucceffeur, dont il dreffa fon
Procez verbal l'an 1621. le iour auant les Ides
d'Avril (c'eft le 12. de ce mois) la feconde Fe-
rie de Pafques, Gregoire XV. eftant Souuerain
Pontife, Iean Dauid Duperron, Archeuefque
de Sens, du Reigne de Loüis XIII Roy de France & de Nauarre, d'heureufe memoire; lefquelles
Saintes Reliques depuis ce temps ont efté touf-
jours renfermées jufques au 26. Iuin de la pre-
fente année 1672. auquel temps Monfeigneur
LoüisHenry de Gondrin, Archeuefque de Sens,
dans le cours de fa vifite fit faire ouuertures des
Chaffes, dont il a dreffé fon Procez verbal, con-
tenant le nombre des Offemens des Saints Martyrs, & autres Reliques qui s'y font trouuez.

CATALOGVE DES AVTHEVRS

*tant anciens que modernes , qui ont écrit
fur le fuiet de ces Saints Martyrs.*

Pierre, Euefque d'Aquilée.
Les Regiftres de la mefme ville, contenans
 neuf Leçons.
Saint Ambroife.
Saint Maximin.

Bede.

Vſuardus.

Adon.

Philippes Ferrarius.

Iean Baptiſte Ville.

Le R. P. F. Paul Morige Gieſuat.

Guy, ou Guidon, Abbé de Saint Denis.

Surius.

Monbrice.

Baronius.

Venantius Fortunatus.

Vn ancien Poëme gaulois anonime.

L'Autheur H. B. T.

Maiſtre Pierre Legendre, Aduocat.

Monſieur du Sauſſay, Eueſque de Toul.

Monſieur Chauuin, Conſeiller des Monnoyes.

Dom Baſile Fleureau, de la Congregation de Saint Paul.

Les Breuiaires de Sens, de Paris & de Chartres.

L'Office particulier des Saints Martyrs.

Les Procez verbanx des Chaſſes faits és années 1282. 1570. 1620. 1621. & 1672.

LA CANTIADE.

SONNET Premier.

ENtre vn nombre infiny d'Illuftres perfonnages,
Iffus de noble fang des grand Aniciens,
Se treuent trois Martyrs qu'on nomme Cantiens,
Deux freres, vne fœur, tous égaux en courage.

Quantité de Confuls ornoit leurs parentages
Vn grand nombre de Saints & beaucoup de Chreftiens,
Et fi nous lifons bien l'Hiftoire des anciens,
Les titres d'Empereurs deuenoient leurs partages.

La Naiffance donnoit à ces nobles germains
Ce que leur pere auoit le Sceptre entre les mains,
Si Diocletian n'euft enuahy l'Empire.

Mais afin d'en fruftrer les freres & la fœur,
Il leur fit à tous trois endurer le martyre,
Et s'en rendit ainfi paifible poffeffeur.

II. SONNET.

MAis pour bien colorer cet acte tyrannique,
Et commettre ce crime en cette Region,
Il donna fon pretexte à leur Religion,
Pour les faire mourir en la foy Catholique,

Se

Se figurant tousjours ce malheureux Ethnique
Que son sort dependoit d'vne telle action,
Et que pour satisfaire à son ambition,
Il deuoit entreprendre vn dessein si tragique.

Pour s'affermir au Trosne où jadis s'estoient veus
Leur pere & leur ayeul, Carus & Carinus,
Dont le premier perit par vn coup de Tempeste,
Il fit la guerre à l'autre, & luy perça le flanc,
Aux enfans & neueux il fit trancher la teste,
Et combla ses grandeurs en respendant leur Sang.

III. SONNET.

CE Tyran orgueilleux & tout boüillonnant d'ire,
Se porta furieux contre la Chrestienté,
Par d'injustes Edits remplis de cruauté,
Au premier pas qu'il fit pour monter à l'Empire.

Car pour tout écarter ce qui luy pouuoit nuire,
Son esprit de vengeance & de malignité
S'aduisa d'attaquer la generosité
De ceux qui pour vn Dieu souffrirent le martyre.

Au nombre glorieux de cent mille Chrestiens,
On adjoûta les corps des jeunes Cartiens,
Dont le cœur magnanime emporta la Victoire,

C

D'où l'on peut inferer que ces nobles germains
Ont gagné dans le Ciel trois Couronnes de gloire,
Quoy qu'ils n'en ayét perdu qu'vne chez les Romains.

IV. SONNET.

Lors qu'on eut publié deux Edits fort seueres,
Portans injonction d'adorer les faux Dieux,
Qu'on les veid affichez en quantité de lieux,
Que leurs bruit eut touché l'oreille de ces freres,

Leurs esprits éclairez des diuines Lumieres
Que conduisoit tousjours le grand Docteur Protus
au celeste Sentier de toutes les Vertus,
Quiterent auec luy ce lieu plein de miseres :

Cette Troupe sacrée, ardente pour la foy,
Qui n'adoroit qu'vn Dieu, qui n'aimoit que sa Loy,
Voyant Rome en desordre & toute desolée,

Pour ne pas du Tyran irriter le courroux,
Se mit tout aussi-tost au chemin d'Aquilée,
Dans l'espoir d'y trouuer vn air qui fust plus doux.

V. SONNET.

Mais les deux Gouuerneurs, Ministres de sa rage
Aduertis du projet de ces Princes Romains,

Les font si bien chercher qu'ils tombent en leurs mains
Au moment qu'ils croyoient éuiter cet orage.

Loin que cet accident r'allentit leur courage,
Ils combattent sans peur ces Edits inhumains,
Et lors que les Sergens demandent leurs desseins,
A l'enuy pour response ils tiennent ce lengage.

L'ordre de l'Empereur ne nous étonne pas,
Et nous sommes tous prests de souffrir le trespas
Plutost que de donner de l'encens aux Idoles,
Nous ne cōnoissans point des Demons pour des Dieux
Et vous n'aurez de nous jamais d'autres paroles,
Puisque nous n'en offrōs qu'au Monarque des Cieux

VI. SONNET.

VOs Dieux sont des Rochers & de vaines Idoles
Dont vostre aueuglement vous fait adorateurs,
Des hommes comme vous en sont les createurs,
Comment donc seruez vous des Deitez friuoles?

Encor vn coup voicy nos dernieres paroles
D'vn seul Dieu tout puissant nous sommes amateurs
Qui ne doit point son estre à la main des Sculpteurs
Et nous l'auons apris en de bonnes Ecoles.

C ij

Que Dulcitius sçache auec Sisinius
Que nous n'entrerons point en de si grands abus,
Qu'ayant loué Iesus mesme dedans les Langes.

Dans les Drapeaux encore & dedans le Berceau,
Nous ne cesserons point de chanter ses louanges,
Et de parler de luy iusques dans le Tombeau.

VII. SONNET.

A Lors ces menaçans ministres de Iustice
S'en retournent sans fruit auec leur vain effort,
Et de tout ce discours vont faire le rapport,
Ensemble du refus de faire sacrifice :

Mais quoy que tout cecy regardast la Police,
Que le crime eust esté commis dans leur Ressort,
Des Iuges informez ne disent rien d'abord,
Et n'osent pas encor ordonner du suplice :

Ils n'osent pas punir ce crime, cette erreur,
Sans en auoir receu l'ordre de l'Empereur,
Vers qui sans perdre temps ils deputent vn homme,

Pour l'instruire de tout ce qu'on leur auoit dit,
Et sur le fier refus d'obeïr à l'Edit,
Sçauoir les volontez & le desir de Rome.

Lettre du Président Dulcitius, & du Comte Sifinius, Gouuerneurs d'Aquillée, enuoyée à l'Empereur Diocletian.

I Nuincible Empereur, dont la vaillance extreme
a vaincu tant de Roys,
Vangez les vrais autheurs de voſtre Diademe
en conſeruant vos Loix.

La race de Carin d'vn vain orgueil enflée
eſt venuë en ces lieux
Cenſurer vos Edits, ſuborner Aquilée
& rire de nos Dieux.

Desja mil habitans de toute la Prouince
ſuiuent ces impoſteurs,
Mandez ſur ce ſujet voſtre deſſein grand Prince
à vos deux ſeruiteurs.

DVLCITIVS, SISINIVS.

Reſponſe de Diocletian aux Gouuerneurs d'Aquilée.

M On poil ſe heriſſa, mon ame fut glacée
Liſant en peu de mots tant de meſchancetez,

Et l'amour que j'auois la tiendroit balancée
Si ie n'estois certain de vos fidelitez.

Enfin, sur ce sujet j'ay fait faire assemblée,
Où nous auons iugé comme les Senateurs,
Qu'on executera l'Edit dans Aquilée
Pour vanger de nos Dieux tous les blasphemateurs.

Quant aux fils de Carin que l'Vniuers reuere,
Tirez les par douceur de leur aueuglement,
Dites leur en faueur de Carus leur grand pere,
Que ie seray soigneux de leur auancement,

Pourueu qu'en renonçans à l'horreur de leurs crimes,
Ils aillent presenter de l'encens à nos Dieux,
Mais s'ils sont refusans d'obseruer nos maximes,
Vous priuerez du jour ces esprits vicieux.

VIII· SONNET.

CEpendant ces germanis s'eschapent à l'emblée,
Montez dedans vn Char traisné de trois mulets,
Sçachans qu'on leur tendoit de captieux filets,
Pour les perdre en secret dans la grande Aquilée.

Ceste jeunesse, enfin, de Protus conseillée,
Ayant pour cette fin receu quelques billets;
Fuyant vid des Tyrans accourir les valets,
Et tomber vne mule assez mal attelée.

'A la cheute de l'vn de ces trois animaux,
Ils fortent de leur Char, preuiennent les Boureaux,
Comme aduertis du Ciel du temps de leur victoire.

Suiuez, leur dirent-ils, nous voulons preceder,
Retarder noftre mort, ce feroit retarder
Vn temps trop precieux qui nous porte à la gloire.

IX. SONNET.

EN vn mot ces germains font conduits aux fuplices
Pour la foy de IESVS ils y portent leurs pas,
Et ce lieu qu'on nommoit ad Aquas gradatas,
Eft appellé par eux le lieu de leurs delices.

Ils y blafment Juppin nonobftant les malices
Des partifans des Dieux qu'ils ne connoiffoient pas
L'offre de Iouius n'eut pour eux point d'apas,
Ils pousserent à bout toutes leurs artifices.

Bref, ayant rejetté leurs prefens & leurs Dieux,
Aufquels ils preferoient le Souuerain des Cieux,
Sans craindre le peril ny la mort la plus grande.

On les decapita, prodigieux effect!
On demanda leur fang, ils donnerent du laict,
Mais laict qui leur acquit la celefte Guirlande.

MEMOIRE DES OSSEMENS

des Saints Can, Cantien & Cantienne, & autres
Reliques qui se sont trouuées dans les deux Chasses
d'Estampes, veus & examinez de l'Ordonnance
de Monsieur l'Archeuesque de Sens, en sa pre-
sence, & d'un grand nombre de peuple, par les
Sieurs Pichonnat, Docteur en Medecine, & le
Muret, Maistre Chirurgien, le 26. Juin 1672.

PREMIEREMENT, vn os de la jambe gauche,
nommé Tibia.

Vn os du bras droit dit Humerus.

L'omoplate gauche.

L'os du coude gauche, dit Cubitus.

La premiere vertebre du col.

Vne vertebre des Lombes.

Six autres vertebres.

vne autre vertebre en morceaux.

vne partie de l'os de la teste, nommé Petreux,
où Lapophise interne de l'oreille est entiere.

vn grand morceau de la teste, nommé Occipital.

vn os du talon, dit Astragal.

vne coste entiere.

vn morceau de la machoire superieure, où il y à
sept alueoles, ou trous de dents.

vn autre morceau dudit os Petreux.

vn autre morceau de la partie inferieure de l'os
du bras, dit Cubitus.

La moitié d'vne coste.

Sept

Sept morceaux de coſtes.

Cinq autres petites eſquilles de coſtes.

Deux petits morceaux de vertebre, ou eſpine.

vn morceau de la peau de S Iean Chriſoſtome.

vne bourſe dans laquelle il y a trois morceaux de fer.

vn ſachet couuert de taffetas blanc , où il y cete inſcription, *Hic habentur puluis de carn & oſſibus beatorum Martyrum Cantij, Cantia & Cantianilla.*

vn autre ſachet ſemblable où eſt cette autre in cription, *Hic habentur de induſiis & l'inteamini bus Sanctorum.*

vn autre ſachet de ſatin rouge, où eſt écrit de l pierre du Tombeau de Noſtre Seigneur , pluſieurs autres Reliques.

vn petit flacon de plomb, où il y à vne matier comme de terre.

Hymnus Sanctæ Cantianillæ , & in fin cuiuſlibet verſiculi inuenitur ipſum nome Cantianilla declinatum.

ORbis exultans reſonnet tropheum ,
Hanc diem ſtempæ celebrent ſacratam,
virgo conſcendit meritis olympum,
  Cantianilla.

      D

Vrget at Chriſtum Iouius negare,
Frauſtra promiſſis crucæ fruſtra, ſiſtit,
Firmitas contra regidum Tyrannum,
    Cantianillæ.

Concinit vadens ad Aquas Gradatas,
Pro Deo fundit niueum cruorem,
Eſt ne conſtanti ſimilis puella,
    Cantianillæ.

Cernitur victrix hodie triumphat,
Et refert palmam ſuperando, Chriſtus
Propter hæc cingit nitida corona,
    Cantianillam.

Martyr inſignis rogitamus omnes,
voce communi triadem precari,
Supplicum fœlix memorare virgo,
    Cantiannilla.

Semper oremus ſine fine numen,
Poſt neces vt nos radiantis axis,
Cum pia cellas adeamus arces,
    Cantianilla.

        Amen.

APPROBATION.

IE certifie auoir leu exactement la Cantiade, ou l'Eloge des Martyrs Saints Can, Cantien & Cantienne , freres & fœur , compofé par Maiftre Sebaftien Bredet , Confeiller au Bâilage d'Eftampes, Lieutenant Particulier, Ciuil, Affeffeur Criminel en la Preuofté dudit lieu, Maire de ladite ville d'Eftampes ; dans lequel Eloge je n'ay rien trouué de contraire à la Foy Catholique, Apoftolique, & Romaine. Fait à Paris en Sorbonne , le vingt-cinquiéme Septembre 1672. Signé, N. Petitpied , Docteur de la Societé de Sorbonne.

www.ingramcontent.com/pod-product-compliance
Lightning Source LLC
Chambersburg PA
CBHW061738180626
46818CB00006B/2674